Cinq minutes et des sablés

Un texte de Stéphane Servant
illustré par Irène Bonacina

Didier Jeunesse

Dans sa petite maison, la Petite Vieille s'ennuyait.
Plus personne ne venait la voir.
Et elle ne regardait plus personne.
Il n'y avait plus que la pendule de la cuisine
pour s'intéresser au temps qui passe.

La Petite Vieille s'ennuyait tellement
que pour tuer le temps,
elle avait juste décidé d'attendre :
d'attendre Madame la Mort.

Justement, Madame la Mort passait par là
dans sa belle auto.

Elle a vu la Petite Vieille assise dans sa cuisine
et elle est venue frapper à sa porte.

« Bonjour Petite Vieille,
a dit Madame la Mort,
je viens pour t'emmener. »

Comme la Petite Vieille était méticuleuse,
elle avait déjà tout préparé pour son dernier voyage.

Ne manquait qu'un détail :
« Le temps de changer de chaussures et je suis à vous. »

Pour faire patienter Madame la Mort,
la Petite Vieille a préparé un bon thé de Chine bien corsé.

« Mmm, quel thé délicieux ! s'est réjouie
Madame la Mort en faisant claquer sa langue.

– C'est vrai, a répondu la Petite Vieille,
et il est encore meilleur avec des sablés au gingembre. »

Et pour montrer à Madame la Mort
combien le thé et les sablés allaient bien ensemble,
la Petite Vieille a préparé des gâteaux qui ont parfumé toute sa cuisine.

Ça faisait si longtemps qu'elle n'avait pas cuisiné !

La Petite Vieille et Madame la Mort
ont pris le temps de grignoter.

Cinq minutes de plus ou cinq minutes de moins,
quelle importance ?

Alléché par le parfum des sablés,
le chat tigré de la voisine
est entré par la fenêtre.

« Oh, quel joli chat !
s'est exclamée Madame la Mort
en faisant claquer sa langue.

– C'est vrai, a répondu la Petite Vieille,
et il est si amusant quand il saute partout ! »

Et pour montrer
à Madame la Mort
combien le chat tigré
était amusant,
la Petite Vieille a déroulé
une pelote de laine.

Ça faisait si longtemps
qu'elle n'avait pas ri !

La Petite Vieille, Madame la Mort et le chat tigré
ont couru après la pelote en riant.

Cinq minutes de plus ou cinq minutes de moins,
quelle importance ?

Intriguée par les rires
qui venaient de la maison d'à côté,
Kenza la voisine est arrivée.

« Oh, quelle belle jeune fille !
s'est émerveillée Madame la Mort
en faisant claquer sa langue.

– C'est vrai, a répondu la Petite Vieille,
et elle est si pleine de vie quand elle joue ! »

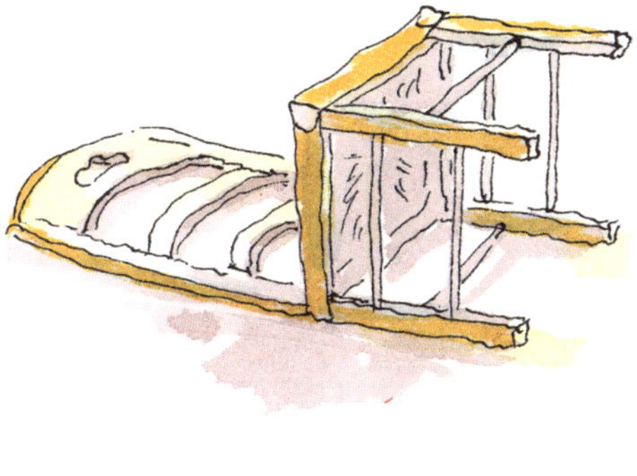

Et pour montrer à Madame la Mort combien Kenza était vive,
la Petite Vieille a tracé une marelle sur le sol, de la terre jusqu'au ciel.

Ça faisait si longtemps qu'elle n'avait pas joué !

La Petite Vieille, Madame la Mort,
le chat tigré et Kenza la voisine
ont sauté de case en case, sans se presser.

Cinq minutes de plus ou cinq minutes de moins,
quelle importance ?

Amusé par les cris qui venaient
de chez la Petite Vieille,
Monsieur Igor a poussé la porte.

« Oh, quel monsieur élégant !
s'est enthousiasmée Madame la Mort
en faisant claquer sa langue.

– C'est vrai, a répondu la Petite Vieille,
et il est si charmant quand il joue
de son violon tout cabossé ! »

Et pour montrer à Madame la Mort
combien Monsieur Igor était un musicien charmant,
la Petite Vieille a poussé la table et les chaises de sa cuisine.

Ça faisait si longtemps qu'elle n'avait pas dansé !

La Petite Vieille, Madame la Mort, le chat tigré,
Kenza la voisine et Monsieur Igor ont enchaîné
gigues, valses et polkas.

Cinq minutes de plus ou cinq minutes de moins,
quelle importance ?

Attirés par le parfum, les rires et les cris qui venaient de chez la Petite Vieille, tous les gens du quartier, petit à petit, sont arrivés.

Et même les enfants et les petits-enfants de la Petite Vieille qu'elle n'avait pas vus depuis si longtemps.

Et la Petite Vieille, Madame la Mort,
le chat tigré, Kenza la voisine, Monsieur Igor,
et tous les gens du quartier, et même les enfants
et les petits-enfants de la Petite Vieille,
ils ont tous dansé, joué, ri et chanté
toute la soirée.

Si bien que la Petite Vieille
n'a pas vu le temps passer.

Quand minuit a sonné,
la Petite Vieille a demandé
à Madame la Mort :

« Est-ce déjà l'heure d'y aller ? »

Mais Madame la Mort
était bien fatiguée.

« C'est trop tard pour aujourd'hui.
Je reviendrai un autre jour.
Profite bien du temps qui passe,
Petite Vieille ! »

La Petite Vieille a regardé Madame la Mort partir dans sa belle auto.
Elle a agité la main pour dire au revoir, à bientôt.

Puis la Petite Vieille s’est tournée
vers tout le monde, et elle a dit :

« Vous resterez bien cinq minutes de plus,

je vais faire des sablés ! »